Impasse de l'Enfer

Du même auteur

Les ombres de l'Erdre, éditions du Palémon, 2021 (réédition de La loi du talion)
L'ombre du santal, 2020

@Aline Duret Auteure - Facebook
@alineduretauteure - Instagram

Impasse de l'Enfer

Aline DURET

À mes filles, Alice et Émilie

Avertissement au lecteur

Ce roman est inspiré d'un fait divers survenu en France.

Les personnages évoqués sont purement imaginaires et les lieux décrits ont été modifiés.

En conséquence, toute ressemblance entre les personnages présentés ici et des personnes ayant existé, serait pure coïncidence et le fait du hasard.

« L'essentiel en enfer est de survivre »

Michel Audiard

Prologue

Samedi 24 décembre 4 h 30

Réveillé en sursaut par le vrombissement infernal d'une Harley Davidson, Célestin Chevalier se redressa sur le lit, le souffle court, le cœur battant.

— C'est quoi ce bordel ? grogna-t-il en repoussant rageusement la couette sur le côté.

D'une main fébrile, le septuagénaire alluma la lampe de chevet et chaussa ses petites lunettes rondes. Il consulta le cadran du réveil.

Quatre heures trente.

— Bon dieu de bon dieu, jura-t-il en s'asseyant au bord du lit. Voilà que ça recommence !

À sa gauche, la silhouette opulente de Louisette était pelotonnée comme un chat dans la chaleur des draps. Les ronflements de son épouse se confondaient avec le bourdonnement des 110 chevaux du moteur.

— Louisette, t'entends ce raffut ?

Aucune réponse ne lui parvint de dessous la couette.

Au comble de l'agacement, Célestin secoua sans ménagement la masse informe qui gisait en position fœtale.

La vieille dame eut un soubresaut. Elle se redressa sur un coude, les bigoudis en bataille, les paupières gonflées de sommeil.

— Qu'est ce qui se passe ? Y a le feu ?

En guise de réponse, une série de pétarades.

— Voilà c'qui s'passe ! Cet abruti me nargue juste en dessous de ma fenêtre.

— C'était pas la peine de me secouer comme un prunier pour si peu ! Il va bien finir par partir ; il n'y a pas de quoi en faire un drame. Allez, Célestin, éteins la lumière et rendors-toi !

— Que j'me rendorme ? C'est hors de question ! S'il me cherche, ce petit con, il va me trouver, tonna le vieil homme en s'extirpant du lit.

Il enfila ses chaussons en toute hâte.

— Trop c'est trop ! Je ne le supporte plus !

Rouge de colère, il traîna sa jambe raide jusqu'à la fenêtre. D'un coup sec et brutal, le retraité fit claquer les volets en bois contre la façade avant de la maison. Prenant appui sur le garde-corps, il se pencha au-dessus du trottoir.

Se tenant sous le lampadaire, le jeune motard, tout de cuir vêtu, s'équipait contre le froid avec une lenteur manifeste, jetant des regards furtifs de part et d'autre. Moteur allumé, il ajusta ses gants, remonta la fermeture éclair de son blouson et enroula son écharpe autour de son cou.

— T'as fini de nous emmerder, oui ou non ? hurla le septuagénaire en brandissant le poing du haut de son promontoire.

Sa voix tonitruante résonna dans tout le quartier, à laquelle répondirent des aboiements de chiens. Des volets claquèrent et des visages bouffis de sommeil apparurent aux fenêtres des maisons voisines.

Maxime Lagrandeur leva nonchalamment la tête. Un sourire narquois éclaira son visage imberbe tandis qu'il faisait vrombir son engin derechef. Une fumée épaisse jaillit du pot d'échappement et tourbillonna en volutes blanches au contact de l'air frais.

Célestin se tourna vers son épouse. Ses yeux étaient comme deux ronds de flan.

— Mais en plus, il se fout d'ma gueule, ce petit con !

Les doigts crispés sur le garde-corps, il lança d'un ton menaçant :

— Tu vas voir un peu si j'descends… j'te préviens, ça va être ta fête !

Le jeune provocateur lui adressa un doigt d'honneur en le toisant de ses yeux noirs.

Le sang de Célestin ne fit qu'un tour dans ses veines. Sa moustache broussailleuse trembla avec fureur. L'espace de quelques secondes, l'offensé demeura interdit, sans voix.

En trois enjambées, il gagna l'armoire en chêne massif et s'empara de son fusil de chasse calibre 12. Du revers de la manche de son pyjama, il essuya les perles de sueur qui avaient envahi son front dégarni.

Horrifiée, Louisette roula en bas du lit en poussant des cris de bête qu'on assassine.

— Mon Dieu, il va le tuer ! s'égosilla-t-elle en secouant sa tête garnie de rouleaux en mousse.

D'un geste désordonné, elle fit un rapide signe de croix, les yeux rivés au plafond.

— Célestin ! Pose cette arme, je t'en conjure. Mais, qu'est ce qui te prend ? T'es devenu fou ou quoi ?

Sourd aux appels désespérés de son épouse, Célestin arma la carabine de ses doigts tors.

Il s'y reprit à plusieurs fois tant ses mains tremblaient de colère. Il secoua la tête afin de chasser les larmes de colère qui brouillaient sa vue.

— J'vais lui mettre un peu de plomb dans la cervelle à c't'oiseau de malheur ! Rira bien qui rira le dernier…

Battant l'air de ses bras trop courts, la septuagénaire se rua à la fenêtre.

Elle s'interposa jambes et bras écartés.

Un coup de feu brisa le silence de la nuit.

C'était la veille de Noël.

Chapitre premier

Pour le plus grand bonheur des habitants de la commune de Carquefou, des flocons de neige virevoltaient dans le vent.

Il y avait bien longtemps que cela n'était pas arrivé.

Le clocher de l'église et les toits des maisons en ardoise se drapaient d'une étoffe soyeuse d'une blancheur immaculée.

Quoique cet hiver-là fût des plus rigoureux, les Carquefoliens avaient accueilli le retour de la neige avec enthousiasme. Les enfants raclaient la poudreuse sur des dizaines de mètres alentour afin de confectionner des bonshommes informes. Les anciens marchaient avec précaution sur les trottoirs glissants. Les véhicules avançaient au ralenti, faisant craquer les cristaux sous leurs roues.

C'était dans cette atmosphère feutrée, presque onirique, que le drame se produisit…

À la sortie du bourg de Carquefou, en direction de Nantes, se tenait un paisible quartier bâti sur une ancienne exploitation maraîchère. Six maisons d'allure proprette étaient sorties de terre dans les années soixante-dix. Réparties en deux rangées de trois bâtisses, elles se faisaient front, séparées par une allée pavée de granit.

Conçues selon le modèle de la maison nantaise, elles étaient toutes identiques. Au rez-de-chaussée : le garage, la chaufferie et la buanderie. À l'étage, les pièces de vie : le salon, la cuisine et les chambres ; un escalier extérieur accolé à la façade permettait d'y accéder.

Les bâtiments et les résidents avaient vieilli ensemble. Aux fissures des murs correspondaient les rides sur les visages.

Ce havre de paix, niché au cœur d'un écrin de verdure, se situait au fond d'une impasse au nom tristement prédestiné… l'impasse de l'Enfer.

Chapitre II

Samedi 24 décembre 11 h 30, bar Le Dauphin

— J'ai bien cru que mon Célestin l'avait tué ! répéta Louisette en portant ses mains bouffies de chaque côté de ses tempes. Imaginez-vous un peu la peur bleue que j'ai eue : la balle est passée à quelques centimètres de la tête du voisin !

Une grimace d'effroi déformait le visage adipeux de la septuagénaire qui revivait la scène comme si elle s'y trouvait encore.

Les retraités, attablés autour d'un Tupperware garni de bottereaux, la considéraient avec amusement, jouant des coudes entre eux.

D'un commun accord, ils levèrent leur verre de muscadet et trinquèrent dans la bonne humeur, à la santé du héros du jour.

— Sans tes jérémiades, Louisette, le voisin serait raide mort à l'heure qu'il est ! Et nos problèmes auraient été résolus une bonne fois pour toutes ! rétorqua Célestin sur un ton de reproche, les sourcils froncés.

Les poings crispés sur les hanches, Louisette se tourna vers son mari qui vidait son verre d'une traite. Un rictus se figea au coin des lèvres du septuagénaire. Louisette s'en offusqua.

— La belle affaire… tu aurais fini ta vie derrière les barreaux ! Et moi, que serais-je devenue sans toi ? poursuivit-elle d'une voix chargée d'émotion. Tu y as pensé au moins ? égoïste que tu es !

Ne trouvant rien à répondre, Célestin se plongea dans l'examen attentif du fond de son verre, les lèvres pincées.

Non, il n'y avait pas songé.

Il avait agi sous le coup de la colère, comme d'habitude. D'un tempérament sanguin, il démarrait toujours au quart de tour. Louisette le fixait avec insistance. À n'en pas douter, elle attendait des excuses de sa part, ou du moins une once de regret.

Elle n'obtint ni l'un ni l'autre.

George, son voisin de table et ami de longue date, vint à son secours.

— Faut pas lui en vouloir, Louisette, commença-t-il d'un ton mi-figue mi-raisin, ton homme est à bout de nerfs. Comme nous tous, ici, pas vrai ?

Le regard de l'octogénaire balaya la tablée. Tandis que Célestin demeurait droit comme un i sur sa chaise sous l'œil inquisiteur de sa femme, Solange et Françoise opinèrent du chef. Les jumelles occupaient la première bâtisse de la rangée de droite, face à celle de Georges. Même si leur maison se trouvait légèrement en retrait, elles aussi en avaient par-dessus la tête des frasques du jeune motard.

— J'avoue que si j'avais eu un fusil, poursuivit George avec plus d'entrain, il y a belle lurette que j'en aurais fait usage.

Le regard malicieux, il ajouta :

— Hélas, je n'ai que des fléchettes à la maison.

Tous rirent de bon cœur, excepté Louisette qui, incrédule, dévisageait ses amis à tour de rôle, ne comprenant pas qu'ils puissent traiter un sujet aussi grave avec autant de légèreté. Leur nouveau voisin manquait certes de discrétion et de savoir-vivre, mais de là à souhaiter sa mort…

Ces dernières semaines, Maxime Lagrandeur était au cœur de toutes les conversations. Depuis son emménagement l'été dernier, la cohabitation n'avait fait que se dégrader. Il était désormais question de trouver « une solution » rapide et efficace au « problème ».

Jusqu'à présent, les résidents s'étaient contentés de lui jouer des tours mesquins. Le coup de folie de Célestin marquait le début des offensives.

L'estomac noué, Louisette entreprit de ramener ses amis à la raison.

— Priez surtout pour qu'il ne porte pas plainte ! renchérit-elle. La détonation a dû s'entendre à des kilomètres.

Célestin se leva et tendit les poignets.

— Qu'on me jette en prison, au moins je n'entendrai plus sa moto pétarader !

La tablée s'esclaffa devant sa prestation. Seule Louisette demeura impassible.

— Il est jeune et comme on dit : il faut bien que jeunesse se passe, scanda-t-elle d'une voix faussement enjouée. Mettez-vous un peu à sa place : ce ne doit pas être drôle tous les jours de vivre entouré de personnes âgées. Laissez-lui le temps de s'adapter à notre mode de vie.

— Lui laisser du temps ? s'écria Georges en manquant de s'étrangler avec son verre. Il a eu tout le loisir de s'adapter à la vie du quartier. Ça fait quatre mois qu'on supporte les conneries de cet imbécile ! Quatre longs mois, répéta-t-il en tapant violemment du poing sur la table.

Les conversations des autres clients du bar cessèrent sur-le-champ. Georges eut la sensation que tous les regards étaient braqués sur lui. D'un naturel discret, il avait une sainte horreur de se faire remarquer. Le sang monta à ses joues. Embarrassé, il courba l'échine et toussota dans sa manche.

Chapitre III

Lorsque le brouhaha s'éleva de nouveau dans la salle, le vieil homme jeta des regards de part et d'autre avant de déclarer à mi-voix :

— En ce qui me concerne, je ne tiendrai pas un mois de plus. Vous voyez ce que je veux dire…

Il avait perdu son sourire de bonhomie qu'il arborait en toute circonstance. Une lueur étrange passa au fond de ses yeux bleu délavé.

Cette allusion avait jeté un froid sur le groupe. Chacun médita en silence les dernières paroles du doyen. George ne parlait jamais pour ne rien dire.

Un frisson parcourut le corps replet de Louisette. Elle ajusta son vieux châle autour de ses épaules. Puis, elle se racla la gorge.

— Allons allons, Georges, tu ne penses pas ce que tu dis, voyons…

Sa voix se perdit dans un souffle.

L'air inquiet, elle le fixait de ses yeux gris. Georges s'abstint de tout commentaire, considérant que tout avait été dit. Il avait été suffisamment clair pour ne pas avoir à se répéter au milieu d'une salle bondée d'oreilles indiscrètes.

Louisette revint à la charge.

— Je suis certaine que les choses finiront par s'arranger. Patience est mère de sûreté comme on…

— Ah, Louisette ! Arrête un peu avec tes dictons à la con ! l'interrompit sèchement Célestin. C'est facile pour toi, tu es à moitié sourde ! Tu pourrais au moins te montrer solidaire.

Vexée par les propos de son époux, Louisette croisa les bras sur son opulente poitrine qui se soulevait par intermittence. Ses paupières flétries battirent en cadence tels des papillons en fin de vie. Elle fit des efforts pour ne pas fondre en larmes. Généralement, leurs disputes s'achevaient sur des pleurs. Mais cette fois, elle était bien décidée à ne pas se laisser faire, face à la coalition.

Un silence de plomb s'abattit sur la tablée. Tandis que Louisette affectait de refermer avec soin le Tupperware qu'elle avait apporté pour le ranger dans son sac à main, Célestin, Georges et les jumelles se jetèrent des regards entendus.

— Ma pauvre Louisette, ton optimisme te perdra, commença Solange. Avoue que la situation est devenue ingérable. Depuis que le voisin a acheté la maison de notre regrettée Bertille…

Elle marqua un temps d'arrêt, visiblement émue par le souvenir de leur amie commune.

— Rien n'est plus comme avant. Nous avons vécu quarante ans tous ensemble sans la moindre anicroche. Et aujourd'hui, tout part à vau-l'eau à cause de cet individu qui a eu la mauvaise idée de racheter la maison. Jamais on ne s'était disputés. Désormais, on ne peut plus évoquer son nom sans se chamailler.

Et George d'ajouter :

— Comme disait Sartre : l'enfer c'est les autres ! Je ne peux que lui donner raison : ce petit vaurien a fait de notre vie un véritable cauchemar.

Outrée par ce qu'elle venait d'entendre, Louisette monta au créneau.

— Vous ne trouvez pas que vous exagérez ? Vous vous montez le bourrichon tous autant que vous êtes ; il n'y en a pas un pour rattraper l'autre. Et toi, Solange, sache que tu me déçois au plus haut point. Je ne te reconnais plus. Bon sang, vous perdez tous l'esprit !

Elle secoua ses boucles grises en signe de dépit.

— Continuez ainsi et vous irez tous en enfer ! Quand je pense que vous allez à l'église le dimanche matin… si monsieur le curé connaissait la noirceur de vos âmes… vous seriez damnés sur-le-champ !

Les joues de Solange s'enflammèrent.

— Célestin a raison, tu es égoïste. Peut-être que toi, tu n'entends rien, mais nous on n'en peut plus de toutes ces soirées qu'il organise dans son garage. Y a plus moyen de dormir ! Et dans la journée, ce n'est guère mieux avec les travaux de rénovation qu'il a entamés. À croire qu'il refait la maison de Bertille du sol au plafond. Si elle ne lui convenait pas, il n'avait qu'à ne pas l'acheter ! On en a assez d'entendre le marteau piqueur à longueur de journée. On ne peut même plus faire la sieste tranquille ! J'envie les Berthier qui sont partis vivre sous les cocotiers… au moins, eux, ils ont la paix !

Georges s'étira sur le dossier de sa chaise.

— Et, croyez-moi ce n'est que le début, assura-t-il d'un air qui se voulait mystérieux.

Les visages des retraités se tournèrent vers lui.

— On n'est pas sortis de l'auberge, annonça-t – il. C'est moi qui vous l'dis…

— Qu'est-ce qui te fait dire cela ? s'enquit Célestin.

— Mardi en fin de matinée alors que j'étais dans ma cuisine, j'ai vu un fourgon blanc passer devant ma fenêtre. Devinez ce qu'il s'apprête à construire…

Les retraités étaient suspendus aux lèvres de l'octogénaire. Célestin montra des signes d'impatience.

La réponse tomba comme un couperet précis et tranchant.

— Une PI-SCINE, lança-t-il en détachant chacune des syllabes.

Les mâchoires se contractèrent, les visages se figèrent sur place.

— Bon dieu de bon dieu ! Il ne manquait plus que ça, grogna Célestin en s'agitant sur sa chaise comme s'il se trouvait assis sur un tas d'épines.

— Tu en es bien certain ? interrogea Solange d'un air circonspect.

Georges hocha vigoureusement la tête en signe d'acquiescement.

— Absolument ! Pour preuve, il a déjà délimité le périmètre avec un ruban de chantier et des piquets. Il a prévu de déraciner l'olivier ; Bertille en aurait été malade ! Sa mère l'avait planté alors qu'elle était enfant. Il faisait la fierté de notre quartier. Quel gâchis !

Solange se tourna vers son amie.

— Tu vois, Louisette, la situation n'est pas prête de s'arranger ; et avec cette maudite piscine, on en a encore pour des mois, voire des années, à supporter les facéties de cet énergumène.

Elle adopta un air contrarié.

— Quand Félicie va apprendre la nouvelle, à coup sûr, elle va faire un second AVC. Elle sera aux premières loges quand il invitera tous ses amis à profiter de la piscine. Elle qui aimait tant jouir de la tranquillité de son jardin à la belle saison… elle peut d'ores et déjà faire une croix dessus.

— Nous ne sommes pas obligés de le lui dire tout de suite, conseilla George. Elle le découvrira bien assez tôt. Il a commencé à donner des coups de pioche. Elle les a probablement déjà entendus.

— Je lui souhaite bien du courage, commenta Célestin. Ce n'est pas avec une pioche qu'on déracine un arbre implanté depuis une cinquantaine d'années ! Il en a pour des semaines…

Il lissa les poils gris de sa moustache avant de déclarer :

— Tout bien réfléchi, je pense qu'il est préférable que Félicie l'apprenne par l'un d'entre nous. Sinon le choc risque d'être violent pour elle.

Tous approuvèrent d'un signe du menton.

Célestin se tourna vers sa femme :

— Louisette, tu pourrais le lui annoncer, toi. Tu sauras trouver les bons mots… Tu es plus diplomate que nous tous, ici réunis.

Bien que l'idée ne l'enchantait guère, Louisette accepta sans se faire prier. Sur ce point, son mari n'avait pas tort. Elle prit la résolution de rendre visite à Félicie dans l'après-midi après sa sieste. Cela lui laissait un peu de temps devant elle pour préparer son argumentaire et trouver une solution pour rétablir la paix dans le quartier.

La conversation se focalisa sur Félicie. Ils furent unanimes sur un point : l'état de santé de la vieille dame était des plus préoccupants. George témoigna le premier.

— Hier matin, je suis passé lui apporter le journal. Elle était pâle comme la mort, les traits fatigués, le visage amaigri. La cause vous la devinez aisément… Elle m'a confié que la veille, elle avait eu une violente altercation avec le voisin au sujet des travaux. Il a eu le culot de lui répondre qu'il en avait par-dessus la tête d'entendre le bruit de son fauteuil électrique à travers les cloisons. C'est le comble !

Solange ne put réprimer une grimace d'indignation.

— Pauvre Félicie ! Elle n'avait vraiment pas besoin de ça ! D'abord, il y a eu le décès de sa maman l'année dernière, emportée dans des souffrances terribles... Félicie s'est occupée d'elle jusqu'à son dernier souffle. Puis, cet été, Bertille nous a quittés à son tour. Félicie ne s'en est pas remise. Elles étaient comme deux sœurs...

Elle se tourna vers Françoise et lui prit la main avec tendresse.

— Bertille était en quelque sorte ses jambes comme je suis tes yeux, ma Françoise. Elle doit se sentir bien seule à présent. D'autant qu'elle n'a plus aucune famille.

Françoise adressa un sourire reconnaissant à sa jumelle.

Depuis qu'elle avait perdu la vue, les jumelles avaient emménagé sous le même toit ; l'une à l'étage, l'autre au rez-de-chaussée, préservant ainsi l'intimité de chacune. Aucune d'entre elles n'avait souhaité fonder une famille. Elles avaient toujours vécu ensemble, soudées par un lien indéfectible.

Françoise était l'exact opposé de sa sœur. De nature taciturne, elle n'avait pas encore pris part au débat animé.

Elle intervint en ces termes :

— Pour ma part, ce sont les hurlements des chiens qui me gênent le plus. Pour être honnête, j'ai fait un signalement à la SPA. Ces pauvres bêtes vivent enfermées dans un chenil par ce temps glacial. Parfois, je les entends gémir la nuit. Je suis convaincue que leur maître les maltraite.

Georges, dont la chambre offrait une vue plongeante sur le jardin du voisin, apporta un éclairage sur ce point.

— Il les dresse au combat ; ce sont des chiens d'attaque. J'ai fait des recherches sur internet… Cette pratique est très encadrée et je doute qu'il ait déclaré cette activité à la préfecture de Nantes. Il possède tout un équipement : casque, gants, protections…

Françoise fut horrifiée. Célestin surenchérit :

— Si par malheur, les molosses venaient à s'échapper de leur enclos, je ne donne pas cher de notre peau.

Solange prit Louisette à partie.

— Tu entends, ce type est un vrai danger pour nous tous !

Et ce fut reparti pour un tour !

Les uns après les autres, ils exposèrent les griefs qu'ils avaient à l'encontre du voisin.

Célestin se focalisa sur les pétarades de la moto, se targuant d'avoir donné, à l'occasion, quelques coups de tournevis dans les pneus de l'engin.

Louisette prit la défense de l'infortuné en alléguant qu'il n'avait pas d'autre moyen de locomotion pour se rendre au travail.

— Faut pas pousser ! s'insurgea Célestin, sa boulangerie se trouve à moins d'un kilomètre. Je mets à peine vingt minutes à pied d'ici à la place des rainettes, alors que je traîne la patte. À son âge, je courais comme un lièvre. C'est un fainéant, voilà tout !

À court d'arguments, Louisette abdiqua.

— Je sens que tout ça va mal finir, se désola-t-elle à mi-voix.

Georges croisa les bras sur son torse et déclara d'un ton péremptoire :

— Une chose est certaine, ce sera lui ou nous !

Chapitre IV

Vendredi 30 décembre

Les douze coups de midi venaient tout juste de sonner au clocher de l'église de Carquefou, lorsque retentit une cacophonie de sirènes.

Le convoi de véhicules de secours filait à vive allure à travers les rues étroites de la commune sous le regard intrigué des badauds qui se pressaient sur les trottoirs.

Parvenu à la sortie du bourg, le VSAV des pompiers, suivi de près par deux véhicules de la gendarmerie, vira sur la droite et s'engagea dans l'impasse de l'Enfer.

Dans la maison des jumelles, Solange s'affairait au fourneau en fredonnant des airs d'antan. Elle avait entrepris de préparer un délicieux pot-au-feu pour faire plaisir à sa sœur.

Alarmée par les sirènes, Solange coupa le gaz sous la cocotte minute, essuya ses mains sur son tablier gras avant d'aller se poster derrière les rideaux de la fenêtre.

Elle écarta le voile et se tint légèrement en retrait afin de ne pas être aperçue de l'extérieur.

La vision qui s'offrit à elle lui coupa le souffle.

— Françoise, viens vite, appela-t-elle d'une voix qui laissait transparaître son agitation.

Les véhicules de secours étaient garés au milieu de l'impasse, devant la maison de Maxime Lagrandeur. Les lumières bleues et rouges des gyrophares tournoyaient sur les façades des maisons.

Une dizaine d'hommes en uniforme avait investi les lieux. Solange suivit des yeux chacun des faits et gestes des secours. Des sapeurs-pompiers poussaient un brancard, des gendarmes gravissaient l'escalier extérieur. Devant le portail du garage, un homme à la barbe fournie, aux cheveux longs, faisait les cent pas. Sa veste en jean était déchirée en divers endroits. Solange eut beau fouiller sa mémoire, ce visage rongé par l'inquiétude ne lui disait rien.

D'une démarche hésitante, Françoise pénétra dans la cuisine en tâtonnant le long des murs. Un souffle d'air glacial balaya son visage. Elle frissonna de la tête aux pieds. Des aboiements la stoppèrent net au milieu de la pièce. Elle eut la sensation qu'ils étaient très proches et s'en effraya.

— Que se passe-t-il ? s'exclama-t-elle, prête à faire demi-tour.

Fascinée par la scène qui se déroulait sous ses yeux, Solange ne répondit pas. Elle se tenait sur la pointe des pieds, accoudée à la fenêtre qu'elle avait ouverte en grand.

Les grognements redoublèrent. Françoise poussa un cri d'effroi.

— Les chiens se sont échappés dans la rue ? bredouilla-t-elle

Sa jumelle fit volte-face et découvrit le visage apeuré de Françoise.

— Non, non… ne t'inquiète pas, la rassura Solange en refermant les vantaux. Ils sont à l'intérieur de la maison. Je ne comprends pas pourquoi ils ne sont pas dans leur chenil.

Elle regarda de nouveau par la fenêtre et décrivit précisément ce qu'elle voyait afin que sa sœur puisse se représenter la scène.

— J'ignore ce qui se trame chez le voisin, mais ce doit être bien grave pour qu'il y ait toute cette cavalerie, conclut-elle. On se croirait presque dans une série télévisée !

Soudain, la frêle silhouette de Georges apparut derrière le véhicule des pompiers. Il était aux premières loges. Piquée de curiosité, Solange ne put résister à l'envie de le rejoindre.

— Reste au chaud, Françoise, je vais aller voir ce qu'il se passe.

Elle revêtit son manteau en toute hâte, enroula un vieux châle en laine autour de son cou maigrelet et referma avec soin la porte d'entrée derrière elle.

Chapitre V

Malgré les températures négatives, Célestin et son épouse étaient sortis à leur tour. Louisette grelottait sous son gilet de laine qu'elle ne parvenait plus à boutonner. Dans la précipitation, elle n'avait pas songé à prendre ses bottines fourrées. Elle était en pantoufles.

Les retraités se pressèrent les uns contre les autres pour se protéger du froid et se mirent à l'abri derrière le véhicule des pompiers.

Des flocons de neige épars s'échappèrent de la voûte nuageuse et s'accrochèrent aux uniformes sombres des militaires qui allaient et venaient.

Dans un silence quasi solennel, les anciens, l'air hagard, demeuraient immobiles, les lèvres bleues, le teint blafard.

En haut de l'escalier, les gendarmes se tenaient droits comme des règles d'acier devant la porte d'entrée. Les aboiements des chiens faisaient rage à l'intérieur des murs.

— Je me demande ce qu'ils fabriquent, s'étonna Solange. Ils n'ont qu'à casser une vitre pour entrer dans la maison. C'est bien ça qu'ils font à la télévision, non ?

— Si j'étais à leur place, je ne mettrais pas un pied à l'intérieur, ironisa George. À moins d'avoir envie de servir de déjeuner aux molosses qui les attendent derrière la porte.

— Ils n'ont qu'à les endormir avec un fusil hypodermique, suggéra Célestin. À défaut, je peux leur prêter ma carabine calibre 12. Le problème sera vite résolu.

— Je doute que ce soit aussi simple, Célestin. Il faudrait déjà qu'ils puissent entrouvrir la porte. Ils ont bien essayé tout à l'heure. Je peux te dire qu'ils ont eu vite fait de la refermer. Mille précautions valent mieux qu'une. Ces cabots sont entraînés à l'attaque…

— Et bien alors, qu'est-ce qu'ils attendent ? s'impatienta Solange.

La réponse ne tarda pas à arriver.

Un véhicule de la brigade cynophile ainsi qu'un fourgon de la fourrière animale vinrent se garer devant le portail de la maison.

Les maîtres-chiens revêtirent leurs combinaisons anti-morsures et s'équipèrent de perches dotées d'un lasso.

— Elles doivent peser pas loin de vingt kilos chacune, estima Célestin, admiratif devant l'agilité de la brigade qui gravissait l'escalier extérieur.

Les gendarmes se réfugièrent à l'extrémité du balcon afin de leur laisser le champ libre.

Le signal de l'assaut fut donné.

Les yeux écarquillés, les retraités retinrent leur souffle. Seule Louisette serrait les yeux très fort. Ses lèvres remuaient au rythme des prières qu'elle récitait à mi-voix.

Des aboiements et des grognements effroyables glacèrent le sang des anciens qui n'avaient pas bougé d'un iota. Malgré la peur qui les tenaillait, ils ne voulaient manquer pour rien au monde le spectacle qui animait leur quartier.

L'intervention fut rapide et efficace. Les Rottweillers furent neutralisés et enfermés dans des cages.

Sans perdre un instant, les gendarmes s'engouffrèrent à l'intérieur du domicile, talonnés par quatre secouristes.

Les cages furent hissées dans le fourgon de la fourrière animale sous le regard étonné des voisins. Les puissantes mâchoires des canidés s'attaquaient avec rage aux barreaux d'acier. George ne put s'empêcher de commenter.

— J'ai lu sur internet que cette race de chiens peut vous sectionner un bras en deux coups de dents ; la pression de leur mâchoire est équivalente à celle d'un jeune requin !

Solange et Célestin en furent épouvantés. Louisette était blanche comme un linge. Elle regardait les animaux avec empathie. Des larmes glissèrent sur ses joues tandis que le fourgon s'éloignait sans bruit.

Après une attente qui leur parut interminable, ils virent enfin les sapeurs-pompiers apparaître en haut de l'escalier.

Les secouristes descendirent les marches avec précaution, portant un brancard sur lequel était sanglée une housse mortuaire.

Georges et Célestin ôtèrent leur couvre-chef sur le passage de la civière tandis que Solange fit un signe de croix. Tête baissée, Louisette renifla bruyamment, le corps secoué par de violents spasmes.

Alors qu'un nouveau véhicule se garait dans l'impasse, les gendarmes prièrent les curieux de se tenir à l'écart afin de ne pas entraver le déroulement de l'enquête.

— Une enquête ? balbutia Louisette, les yeux grand ouverts. Vous pensez que c'est un meurtre ?

Les forces de l'ordre les rassurèrent. Bien qu'il s'agissait selon toute vraisemblance d'un décès accidentel, ils étaient tenus de suivre la procédure habituelle. Sans entrer dans les détails, ils exposèrent les circonstances dans lesquelles leur voisin, Maxime Lagrandeur avait perdu la vie. L'alerte avait été donnée aux environs de 11 h 30 par le frère de la victime, Dimitri Lagrandeur. Ne parvenant plus à joindre son aîné, il avait fait le déplacement depuis Perros-Guirec. À son arrivée, il avait constaté que la porte d'entrée était fermée, mais non verrouillée ; des traces de sang tapissaient le carrelage du couloir. À peine avait-il franchi le seuil de la salle à manger que les chiens s'étaient jetés sur lui. Par chance, il avait réussi à s'enfuir.

Les retraités étaient suspendus aux lèvres des officiers, bras ballants, yeux écarquillés.

— Selon le médecin légiste, monsieur Lagrandeur serait décédé d'une hémorragie provoquée par les morsures des chiens.

Il ménagea une courte pause, fouilla dans la poche intérieure de son uniforme et en sortit un carnet de notes. Il le parcourut des yeux avant de préciser d'une voix posée :

— Le décès remonterait à la nuit de mardi à mercredi. L'autopsie déterminera l'heure avec davantage de précision. Savez-vous si la victime consommait de l'alcool ou des psychotropes ?

Les retraités échangèrent des regards avant d'acquiescer d'un hochement de tête. Louisette, accrochée au bras de son mari, sanglotait en silence, les paupières baissées.

Lorsque les gendarmes demandèrent s'ils n'avaient rien remarqué d'anormal ces derniers jours, ils déclarèrent n'avoir rien vu, rien entendu. Ils n'osèrent pas avouer que le quartier leur était apparu bien silencieux… à leur plus grand soulagement.

Lorsque les gendarmes tournèrent les talons, les retraités se jaugèrent du regard.

Transis de froid, ils décidèrent de regagner leurs foyers. Les véhicules d'intervention désertèrent la rue les uns après les autres. L'homme aux cheveux longs avait pris place à bord de l'un d'entre eux, le visage fermé.

Une fine pellicule de neige recouvrit peu à peu les pavés de granit, faisant disparaître toute trace du drame qui venait de se jouer dans le quartier.

L'impasse de l'Enfer se drapa d'un silence feutré.

Chapitre VI

Samedi 31 décembre

En ce dernier jour de l'année, contrairement à ce qui avait été prévu de longue date, aucun des habitants du quartier n'eut le cœur de fêter l'évènement. À l'unanimité, ils décidèrent de ne pas se réunir au Dauphin comme à l'accoutumée. C'était la première fois depuis le décès de leur amie Bertille.

Même s'ils avaient ardemment souhaité la disparition du jeune importun, tous furent plus affectés qu'ils ne le laissèrent transparaître au regard des autres.

Chacun s'efforça de vaquer à ses occupations habituelles.

George, d'une démarche nonchalante, se rendit dans le bourg en traînant derrière lui son caddie. À son retour, il déposa le journal et le pain que Félicie lui avait commandés.

Solange entreprit de faire le grand ménage dans le logement de sa jumelle. Elle frotta avec énergie les traces de doigts présents sur les murs au point de faire disparaître la peinture.

Sa sœur Françoise joua des mélodies mélancoliques sur le piano en prévision du gala de l'école de musique des Renaudières.

Célestin fendit les dernières bûches entreposées dans le fond de son jardin. Le silence qui régnait dans l'impasse lui glaça les os.

À présent que la providence avait exaucé leur souhait, un mal invisible les rongeait sournoisement de l'intérieur.

Chacun sonda les profondeurs de son âme.

Louisette passa une bonne partie de la journée affalée dans son fauteuil, une vieille couverture polaire sur les jambes. Son regard vitreux fixait les braises ardentes qui se consumaient lentement dans l'âtre. Des larmes ruisselaient sur ses joues et imprégnaient son chemisier à fleurs. Les mains enfoncées dans la poche de son tablier, elle se laissa envahir par une tristesse sans borne. De temps en temps, des sanglots semblables à ceux des enfants secouaient son corps replet.

Célestin se désolait de ne pouvoir consoler son épouse. Elle n'avait plus goût à rien, se désintéressait de tout. Sa présence semblait l'indisposer.

Le teint livide, les traits tirés, elle répondait à chacune de ses sollicitations par de petits haussements d'épaules, suivis de longs soupirs.

Louisette n'avait pas fermé l'œil de la nuit, et n'avait rien mangé depuis la découverte macabre. Jamais Célestin ne l'avait vue en proie à un tel désarroi. Lorsque Bertille était décédée en juillet dernier, Louisette avait été affectée, mais sans comparaison aucune avec la peine qu'elle éprouvait à présent.

En début d'après-midi, Célestin était allé prendre conseil auprès de sa voisine Solange. Pharmacienne à la retraite, elle disposait d'une armoire à médicaments bien garnie. Elle cultivait ses propres plantes médicinales qu'elle mettait au service des résidents. Elle lui remit un tube de granules à dissoudre et un sachet contenant des feuilles séchées à infuser.

Adossé contre le chambranle en bois de la porte du salon, Célestin observa son épouse avec tendresse.

Malgré leurs incessantes chamailleries, il avait gardé une profonde admiration pour celle qui partageait sa vie depuis cinquante-trois années.

Le désarroi de sa femme ne l'étonna pas outre mesure. Louisette était une âme charitable et bienveillante à l'égard de son entourage. Il en avait toujours été ainsi ; jamais il ne l'avait entendue critiquer qui que ce soit. Elle se montrait toujours disposée à rendre service, et considérait qu'il y avait du bon en chacun des hommes.

Plusieurs fois, Célestin l'avait surprise en grande discussion avec le voisin. Il savait qu'il lui arrivait de déposer des petits plats faits maison devant le pas de sa porte, accompagnés d'un papier plié en quatre. Bien que le retraité s'en désespérait, il ne disait rien.

Le vieil homme posa sur la table basse un bol de thé fumant ainsi qu'une assiette de bottereaux dorés.

Les sanglots de Louisette redoublèrent à la vue de l'assiette. D'un geste de la main, elle repoussa le plateau pour ne plus l'avoir sous les yeux.

Célestin fut interloqué. Son épouse raffolait de ces délicieux gâteaux dont la recette lui avait été transmise par sa grand-mère.

Chapitre VII

Aux environs de 18h30, des coups empressés résonnèrent à la porte de leur domicile. À cette heure-ci, cela ne pouvait être que l'un de leurs voisins.

Célestin découvrit avec grand étonnement la silhouette filiforme de George qui était appuyée contre le mur. Le vieil homme tremblait comme une feuille. Il flottait dans ses vêtements trop larges pour lui. Ses lèvres bleues contrastaient singulièrement avec la pâleur de son teint.

— Entre vite te mettre au chaud, tu vas attraper la mort à sortir aussi peu couvert.

L'octogénaire se laissa conduire par le coude jusqu'au salon. Une bûche crépitait dans la semi-obscurité, offrant une chaleur réconfortante.

Louisette salua le nouvel arrivant d'un timide hochement du menton. Elle ne se leva pas. Cela ne lui ressemblait guère. Elle contemplait les flammes rougeoyantes.

George glissa mollement dans le canapé en velours élimé. Il refusa d'un signe de la main la boisson chaude que lui proposa Célestin.

— Il reste quelques bottereaux, offrit-il en désignant l'assiette posée sur la table basse.

George détourna les yeux. Il déglutit avec peine.

— Parbleu, je crois bien que je serai incapable d'avaler quoi que ce soit avant un bon bout de temps, assura-t-il en esquissant une moue de dégoût.

— Ah, toi aussi, tu fais la grève de la faim, plaisanta-t-il pour détendre l'atmosphère. Tu n'es pas souffrant au moins ?

George secoua la tête de gauche à droite avec lenteur. Il prit une profonde inspiration.

— Ce que je viens d'apprendre m'a littéralement coupé l'appétit…

Célestin haussa un sourcil interrogateur.

— Crois-moi, j'aurais préféré ne rien savoir, soupira George.

De plus en plus intrigué, Célestin lui demanda des explications.

Son ami lui suggéra de s'asseoir au préalable. Célestin s'exécuta en jetant des regards inquiets en direction de son épouse qui paraissait s'être assoupie, la tête reposant sur le dossier du fauteuil. Ses paupières étaient abaissées. Sa respiration était lente et profonde.

George se cala dans le fond du canapé entre les coussins en velours et entama son récit.

Il relata avec force détails la visite de Dimitri Lagrandeur. Le frère du voisin s'était présenté à sa porte peu de temps après qu'il eut terminé sa sieste, soit aux environs de 15 h. L'homme n'y était pas allé par quatre chemins. Il était tout de suite monté sur ses grands chevaux, accusant les habitants d'être responsables du destin tragique de son aîné. Manifestement, il était au courant de tout ce qui se tramait dans le quartier depuis l'installation de son frère. Il paraissait bien informé.

— Il savait pour le coup de fusil ! assura-t-il en chuchotant, afin de ne pas réveiller Louisette.

Célestin haussa les épaules.

— Que je sache, ce n'est pas une arme à feu qui l'a envoyé au cimetière ! se défendit-il.

George poursuivit :

— Les deux frères étaient très proches. Depuis que Maxime Lagrandeur avait déménagé de Perros-Guirec pour venir s'installer dans notre commune, il était en proie au mal du pays. Il appelait son frère presque tous les jours. Leur dernier échange remonte à dimanche en fin d'après-midi. Il n'a duré que cinq minutes car Maxime lui a confié qu'il se sentait quelque peu fébrile. Ces précisions faites, Dimitri Lagrandeur est tout de suite entré dans le vif du sujet. Malgré les constatations du médecin légiste et les conclusions tirées par les gendarmes, il n'adhère pas à la théorie de la mort accidentelle. Et ce, pour trois raisons essentielles.

Célestin redressa la tête.

— Lesquelles ?

— D'une part, reprit George, selon le frère, il apparaît peu probable que notre voisin n'ait pas enfermé les chiens dans leur chenil après la séance d'entraînement. La porte du local possède un double dispositif de sécurité. Il avait installé deux serrures à double point ainsi qu'une barre transversale afin de bloquer la porte de l'extérieur. Son aîné était plutôt du genre à tout vérifier deux fois plutôt qu'une. Par ailleurs, les verrous sont intacts. Quelqu'un a donc ouvert le chenil.

Célestin haussa les épaules.

— Et alors ? Ça ne prouve rien.

— Je continue… d'autre part, selon toute vraisemblance, Maxime aurait fait un malaise alors qu'il venait de prendre une douche dimanche soir vers 21 h. Les secouristes ont retrouvé son corps inanimé gisant sur le carrelage à côté du canapé. Il était torse nu, une serviette éponge nouée autour des hanches. La télévision était allumée lorsque les secours sont entrés à l'intérieur du domicile. Curieusement, son téléphone portable n'a pas été retrouvé. Or, Dimitri Lagrandeur est formel à ce sujet. Jamais il ne s'en séparait. Selon toute logique, il aurait dû se trouver sur la table basse du salon. Enfin, la porte d'entrée n'était pas verrouillée de l'intérieur. Connaissant les troubles obsessionnels dont souffrait son frère, l'idée qu'il ait oublié de fermer sa porte avant de s'installer devant la télévision est inconcevable. Il est fort probable que les gendarmes nous interrogent les uns après les autres et qu'ils reviennent inspecter la maison du voisin dans les prochains jours.

— C'est cette histoire qui t'a coupé l'appétit ? demanda Célestin, engloutissant un bottereau tout entier dans sa bouche.

George dévisagea son ami avec étonnement. Puis, il baissa la tête et fixa ses doigts qu'il croisait et décroisait nerveusement. Il poursuivit son récit d'une voix étranglée.

— Contrairement à ce que nous pensions, le voisin n'est pas mort sur le coup. Bien au contraire, il aurait mis au moins deux jours à rendre l'âme dans des souffrances effroyables… effroyables, répéta-t-il en hochant le menton.

— Tout compte fait, il aurait mieux valu qu'il meure d'une balle en pleine tête, plaisanta Célestin.

Louisette eut comme un soubresaut. George jeta un regard dans sa direction. Elle semblait assoupie.

— Hier midi, les gendarmes sont restés évasifs… sans doute n'ont-ils pas voulu nous effrayer davantage que nous ne l'étions. Eux-mêmes ont été secoués par la découverte qu'ils ont faite. Le corps de Maxime était bien amoché. Les chiens, probablement affamés, ont d'abord attaqué le visage, puis le cou. Il était toujours vivant selon le médecin légiste. Ce n'est que lorsqu'ils ont commencé à manger une partie de sa jambe que l'artère fémorale a été touchée, mettant fin à son calvaire qui aura duré quarante-huit heures…

La face rougeaude de Célestin devint livide. Il reposa sur le plateau le gâteau et passa une main moite sur son front dégarni.

Louisette qui avait redressé la tête les regardait à tour de rôle, l'air horrifié. Elle fut prise de violents spasmes.

Célestin et George se levèrent d'un bond.

Louisette cessa brusquement de bouger, bouche entrouverte, yeux clos.

— Ouvre vite la fenêtre, commanda Célestin en tapotant les joues blafardes de sa femme, et appelle les secours !

Chapitre VIII

Mercredi 4 janvier

Louisette avait été hospitalisée à la clinique Jules Verne de Nantes durant quatre jours.

Après avoir procédé à toute une batterie d'examens et de tests, les médecins avaient rassuré Célestin. Louisette était en parfaite santé hormis une grande fatigue passagère. La vieille dame regagna son domicile le mercredi en fin d'après-midi, au grand soulagement de tous. Son visage était amaigri, ses yeux auréolés d'immenses cercles bleus.

Les uns après les autres, ses amis vinrent lui rendre visite pour la distraire. La convalescente ne desserra pas les lèvres.

Personne ne s'en étonna.

Louisette, d'un tempérament hypersensible, avait subi un choc émotionnel intense. Solange, adepte de la phytothérapie, recommanda à Célestin de lui faire boire des infusions à base de mélisse et de ginseng.

Contre toute attente, Louisette exprima le souhait de rendre visite à Félicie. Elle traversa la rue en début de soirée sous le regard attendri de Célestin qui accueillait avec bénédiction ce regain d'énergie.

*

* *

— Par ma faute, Maxime est mort et les pauvres bêtes vont être euthanasiées, se lamenta Louisette, des hoquets dans la voix, la tête enfouie dans ses mains.

Félicie approcha son fauteuil roulant de la table où se trouvait accoudée sa voisine. Elle posa une main sur son épaule.

— Tu n'es pas responsable de tout ce qui est arrivé. C'est la faute à pas de chance !

Louisette redressa la tête et tamponna ses yeux à l'aide de son mouchoir.

— La chance, on l'a quand même bien aidée, tu ne trouves pas ?

Félicie ne répondit pas. Elle réfléchissait aux arguments qu'elle pourrait bien opposer au sentiment de culpabilité que nourrissait Louisette. Celle-ci était à deux doigts de craquer.

— Disons que c'est un malencontreux concours de circonstances… répondit-elle.

Circonspecte, Louisette demanda des explications.

Félicie leva le menton et prit le temps de la réflexion avant de répondre d'un air qui se voulait assuré.

— Je veux dire qu'il nous a tous poussés à bout. Malgré nos mises en garde, il s'est entêté à nous rendre la vie impossible.

Louisette la fixait de ses yeux humides.

— Ce que je veux dire, c'est que nous sommes tous un peu coupables… on savait que ça finirait mal un jour ou l'autre. À commencer par ton mari. Admets que si tu n'avais pas été là samedi matin, il l'aurait abattu d'un coup de fusil. C'est toi-même qui me l'as dit.

— Il m'a certifié qu'il avait l'intention de tirer en l'air, c'était juste pour lui faire peur.

— C'est ce qu'il t'a dit pour te rassurer. Mais tu sais qu'il en est capable. Il se serait fait prendre à coup sûr. Pour ce qui est des graines de ricin qu'on a mises dans les bottereaux, rappelle-toi bien, c'est Solange qui avait suggéré cette idée. Elle nous avait dit que quelques grammes lui donneraient une belle colique.

Louisette secoua farouchement la tête.

— Je ne pensais pas que ça le rendrait malade à ce point.

Félicie acquiesça d'un signe du menton.

— Oui, ce qui devait être une simple plaisanterie s'est avéré tragique. Tu ne pouvais pas savoir non plus que les chiens sortiraient de leur enclos. Tu vois, c'est la faute à pas de chance, répéta-t-elle en levant les bras au ciel. Sans doute était-ce son heure, va savoir… Oui, c'est bien toi qui lui as apporté les gâteaux, en revanche ce n'est pas toi qui as ouvert le chenil. Je me trompe ?

Félicie toisa son amie de ses yeux verts.

— Non, reconnut Louisette.

— Tu vois, conclut Félicie, tu n'es en rien responsable. Le plan consistait simplement à l'indisposer. Le destin en a décidé autrement…

Son interlocutrice ne parut pas convaincue. Félicie poursuivit avec plus d'entrain.

— George lui aussi a sa part de responsabilité. Il a bien dû voir que les chiens n'étaient plus dans leur chenil et que quelque chose ne tournait pas rond. Il passe son temps à regarder par la fenêtre de l'étage…

— Mais, il ne pouvait pas deviner que leur maître était évanoui quelque part dans la maison, sans défense.

— Écoute Louisette, de toute façon, ça ne sert à rien de ressasser le passé comme tu le fais. Tu vas te rendre malade. Ce qui est fait est fait ! Tu ne vas quand même pas aller à la gendarmerie pour te dénoncer. N'est-ce pas ?

Louisette haussa les épaules.

— C'est que j'en ai gros sur la conscience… Je ne sais pas comment je pourrais vivre avec… Et les pauvres chiens, eux, ils n'y sont pour rien. La fourrière va les tuer. Il faudrait qu'on explique les circonstances… c'est leur instinct de survie qui a pris le dessus. On ne peut pas les en blâmer.

— Peu importe les raisons, Louisette, ces chiens ont goûté au sang humain ; ils ne pourront jamais être replacés dans une famille.

Elle marqua un temps d'arrêt.

— Si tu ne veux pas avoir d'ennuis, je te conseille de ne dire à personne ce que tu as fait, y compris à ton mari… Moins nous serons nombreux à savoir ce qui s'est réellement passé le jour de Noël, mieux ce sera pour tout le monde, crois-moi.

Le ton était presque menaçant. Un voile sombre passa dans le regard de Louisette.

— Comment cela, ce que j'ai fait ? Que je sache, c'est toi qui m'as demandé d'aller lui porter les gâteaux après avoir mis les graines. Sans cela, Maxime n'aurait rien accepté de ta part. Et tu le savais très…

— Et comment veux-tu que je me déplace ? l'interrompit Félicie. Je suis clouée dans ce satané fauteuil depuis deux ans !

— Certainement, mais c'est aussi toi qui as mis les graines à l'intérieur des bottereaux en m'assurant que ça lui donnerait juste un peu mal au ventre. Moi je n'ai fait que ce que tu m'as demandé. Et comme tu l'as si bien dit au sujet de George, toi aussi, tu as bien dû voir que les chiens n'étaient plus enfermés. Tu aurais dû appeler les secours.

Félicie la défia du regard.

Chapitre IX

lundi 9 janvier

Intriguée par des bruits sourds en provenance du jardin du voisin, Félicie rejeta le plaid qui recouvrait ses jambes. Elle prit appui sur les accoudoirs de son fauteuil roulant et se dressa de toute sa hauteur. D'une démarche branlante, elle se dirigea vers la fenêtre de sa cuisine.

Son cœur se serra dans sa poitrine lorsqu'elle aperçut Dimitri Lagrandeur, une pioche à la main. Il frappait avec hargne les racines de l'olivier.

Voilà que tout recommence, songea-t-elle en se mordant les lèvres. Tant d'efforts déployés pour empêcher que le passé ne soit déterré allaient être réduits à néant.

Tout comme son frère, Dimitri Lagrandeur était sur le point de découvrir les ossements qui reposaient six pieds sous terre.

*

* *

La nuit suivante, Félicie ne parvint pas à trouver le sommeil, assaillie par les souvenirs de son enfance. Elle revit le corps sans vie de Lucien Da Silvia, ce beau-père qui avait abusé d'elle alors qu'elle n'avait que huit ans. Chaque détail de ce mercredi après-midi, où sa mère l'avait délivrée de ce monstre en le poignardant d'un couteau de cuisine, était gravé dans sa mémoire. Malgré le demi-siècle écoulé, les images revenaient sans cesse la hanter depuis le décès de Bertille. Tout comme elle, son amie d'enfance avait su préserver le terrible secret qui enveloppait les deux maisons. Ses parents avaient aidé la mère et la fille à faire disparaître le corps. Ils l'avaient placé dans le trou prévu pour l'implantation de l'olivier. Sur son lit de mort, Bertille lui avait fait promettre de tout mettre en œuvre pour que le secret ne soit jamais révélé.

Félicie avait tenu parole…

Épilogue

Mardi 10 janvier

Alors que Félicie relevait le courrier de sa boîte aux lettres, elle tomba nez à nez avec Dimitri lagrandeur.

L'invalide se hâta de refermer la boîte, poussa la manette de son fauteuil roulant et remonta l'allée qui menait à son garage.

Le voisin enjamba le muret et se dressa du haut de son mètre quatre-vingt-dix, face à elle.

Il la toisa de ses yeux noirs, un rictus au coin des lèvres.

— Je connais votre secret, déclara-t-il d'un ton glacial.

De quel secret parlait-il exactement ? Avait-il découvert le cadavre enterré dans le jardin ? Bien que Félicie ne laissât rien transparaître, elle fit des efforts surhumains pour ne pas se laisser envahir par la vague d'angoisse qui montait en elle.

Elle fut incapable d'articuler le moindre mot.

— Maintenant que nous allons être voisins, poursuivit-il, vous pouvez cesser de jouer la comédie. Je sais que vous êtes capable de marcher. Je vous ai vue…

Félicie éprouva un immense soulagement. Il n'avait pas découvert le corps. Celui-ci fut de courte durée.

— Pour votre information, sachez que j'ai changé les verrous. La clé que vous avait donnée votre amie Bertille ne vous sera donc plus d'aucune utilité. Si les gendarmes ont gobé cette histoire de malaise, moi, je ne suis pas dupe… Par ailleurs, la porte du chenil ne s'est pas ouverte toute seule.

— Je ne vois pas de quoi vous parlez, balbutia-t-elle. Maintenant si vous voulez bien me laisser rentrer chez moi, j'ai à faire.

Dimitri s'exécuta. Il fit quelques pas en direction du trottoir puis pivota sur ses talons.

— Une dernière chose encore : je suis moins accommodant que mon frère. Si vous pensiez qu'avec lui c'était la guerre, avec moi ce sera… l'Enfer.

Printed in Poland
by Amazon Fulfillment
Poland Sp. z o.o., Wrocław

82084954R00049